PREFÁCIO

O inverno se aproximava, e as pessoas sentiriam frio, em especial as que não tinham onde morar, por terem fugido de um conflito em seu país, ou porque sua casa, às vezes sua cidade, havia sido destruída. Queríamos chamar atenção para elas e arrecadar fundos para ajudar a mantê-las aquecidas.

Fui às redes sociais e perguntei às pessoas quais eram suas memórias de quando estavam aquecidas.

Dezenas de milhares responderam, cada uma com uma lembrança específica.

Peguei as memórias delas e as teci, da melhor forma que pude, em um poema. As que responderam escolheram os temas por mim. Foi um poema sobre sair do frio, sobre o aquecimento físico e sobre o calor da família, dos amigos, da segurança.

O poema foi bordado em um enorme cachecol verde. Nós o transformamos em vídeo. As guerras que haviam levado as pessoas à condição de refugiadas não acabaram, mas novas guerras começaram, e mais delas deixaram o lugar onde moraram a vida toda, levando consigo o que conseguiram carregar.

E ainda assim, o inverno se aproximava.

Dei o poema para o UNHCR/ACNUR, Agência da ONU para Refugiados, e eles, juntamente com a Bloomsbury e os artistas maravilhosos que ilustraram o poema, criaram este livro, que a Editora Record traz agora para você no Brasil, na esperança de que possa ajudar a manter aquecidas algumas pessoas que deixaram para trás a casa, e até o país, no inverno deste ano e nos invernos que virão.

Neil Gaiman

CIP-BRASIL. CATALOGAÇÃO NA PUBLICAÇÃO
SINDICATO NACIONAL DOS EDITORES DE LIVROS, RJ

G134d
    Gaiman, Neil, 1960-
      Do que você precisa para se aquecer / Neil Gaiman ; ilustração Yuliya Gwilym [et al.] ; tradução Renata Pettengill. - 1. ed. - Rio de Janeiro : Record, 2024.

      Tradução de: What you need to be warm
      ISBN 978-65-5587-947-6

      1. Poesia inglesa. I. Gwilym, Yuliya. II. Pettengill, Renata. III. Título.

23-86055
                  CDD: 821
                  CDU: 82-1(410.1)

Meri Gleice Rodrigues de Souza - Bibliotecária - CRB-7/6439 04/09/2023

Título original:
What You Need to Be Warm

Texto © Neil Gaiman, 2023.

Ilustração de capa © Oliver Jeffers.

Ilustrações do miolo © 2023 Yulia Gwilym, Nadine Kaadan, Pam Smy, Daniel Egnéus, Beth Suzanna, Marie-Alice Harel, Petr Horaçek, Chris Riddell, Bagram Ibatouilline, Benji Davies, Majid Adin, Richard Jones.

Esta tradução de *What You Need to Be Warm* foi publicada pela Editora Record mediante acordo com Bloomsbury Publishing Plc.

Texto revisado segundo o Acordo Ortográfico da Língua Portuguesa de 1990.

Todos os direitos reservados. Proibida a reprodução, no todo ou em parte, através de quaisquer meios. Os direitos morais do autor foram assegurados.

Direitos exclusivos de publicação em língua portuguesa somente para o Brasil adquiridos pela
EDITORA RECORD LTDA.
Rua Argentina, 171 – Rio de Janeiro, RJ – 20921-380 – Tel.: (21) 2585-2000, que se reserva a propriedade literária desta tradução.

Impresso na China

ISBN 978-65-5587-947-6

Seja um leitor preferencial Record.
Cadastre-se no site www.record.com.br e receba informações sobre nossos lançamentos e nossas promoções.

Atendimento e venda direta ao leitor:
sac@record.com.br

DO QUE VOCÊ PRECISA PARA SE AQUECER

NEIL GAIMAN

2024

Da batata assada
das noites de inverno,
para nas mãos abraçar
ou queimar o céu da boca.

Da manta tricotada pelos
engenhosos dedos da mãe.
Ou da avó.

De um sorriso, um toque, confiança, ao voltar da neve ou para ela, a ponta das orelhas geladas e pinicando de vermelhas.

Do *tic-tic-tic* dos
radiadores de ferro
a despertar na casa antiga.
Do emergir dos sonhos na **cama**,
sob **cobertores**
e **edredons**,
a mudança de estado do frio para o calor
sendo tudo que importa, e você pensa,
só mais um minutinho
de **aconchego** aqui
antes de enfrentar a friagem.
Unzinho só.

Dos lugares onde dormimos na infância: eles nos esquentam na memória. Viajamos para um dentro vindo de fora. Para as **chamas alaranjadas** na **lareira** ou para a **lenha em brasa no calefator.**

Do bafo congelado nas janelas,
a ser raspado com a unha,
derretido com a palma.

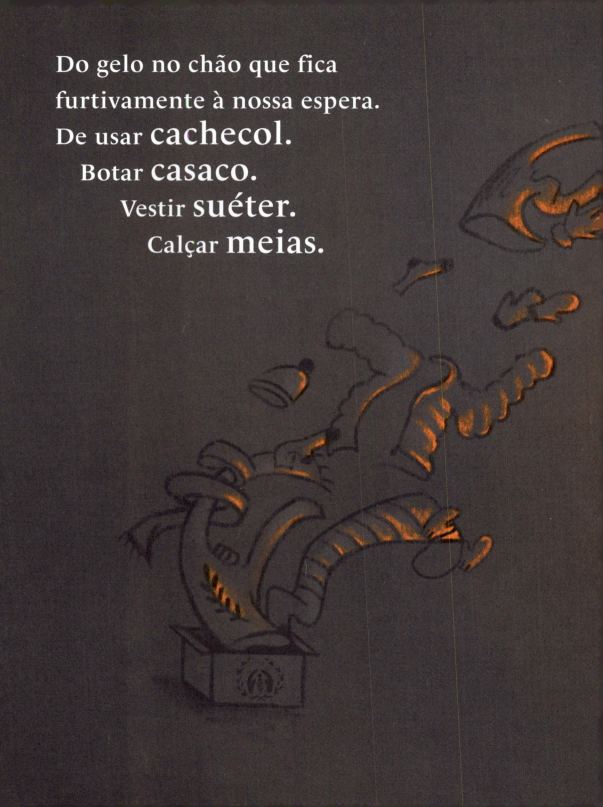

Do gelo no chão que fica furtivamente à nossa espera.
De usar **cachecol**.
Botar **casaco**.
Vestir **suéter**.
Calçar **meias**.

De calçar **luvas quentinhas.**

Da bebê que dorme entre a gente.
Da trambolhada de cães, da ninhada de gatinhas e gatinhos.
Pode entrar.
Você está a salvo agora.

De uma **chaleira a ferver** no fogão.

Sua **família** ou seus **amigos** estão aí. Eles **sorriem**.

De **chocolate** quente ou **cacau**, **café** ou **chá**, **sopa** ou **ponche**, do que você sabe que precisa.

Uma **troca de calor**, eles proveem, você acolhe a caneca e descongela aos poucos.

Lá fora, para uns de nós,
a jornada teve início quando nos
afastamos da casa de nossos avós,
dos lugares familiares
da infância:

mudanças de estado

   e estado

      e estado,

         deparar com um
            deserto pedregoso,

ou enfrentar
mares bravios,

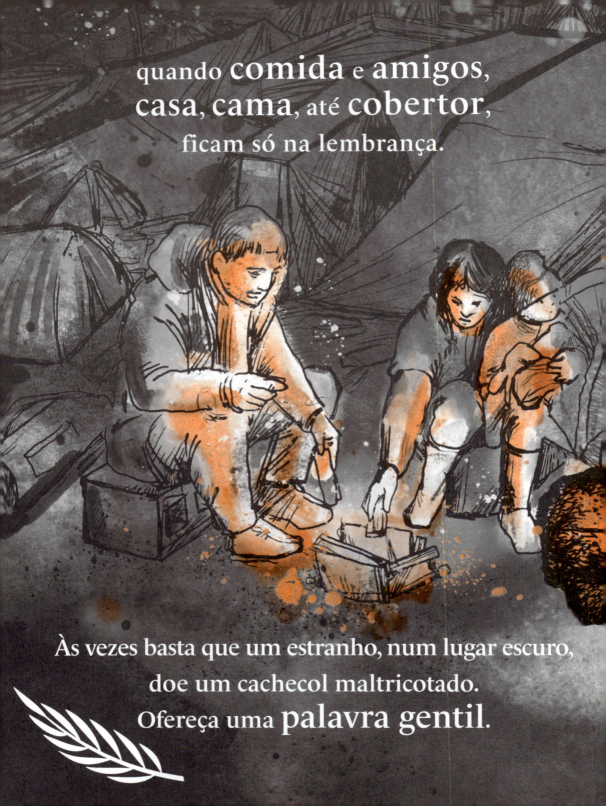

quando **comida** e **amigos**,
casa, cama, até **cobertor**,
ficam só na lembrança.

Às vezes basta que um estranho, num lugar escuro,
doe um cachecol maltricotado.
Ofereça uma **palavra gentil**.

Diga que temos **o direito de estar aqui**, **nos aqueça** na estação mais fria.

Você tem o direito de estar aqui.

COMENTÁRIOS DOS ARTISTAS

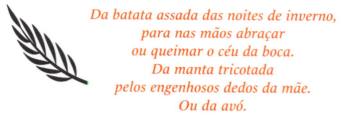

*Da batata assada das noites de inverno,
para nas mãos abraçar
ou queimar o céu da boca.
Da manta tricotada
pelos engenhosos dedos da mãe.
Ou da avó.*

Esconder-se na floresta escura quando tudo parece perdido, comer batatas assadas, esperança e magia no jantar. "Você é mais forte do que pensa, minha criança." Dá quase para ouvir a voz da sua avó. Normalmente, trabalho com cores limitadas e tive a sorte de ter preto e laranja como paleta de cores. Usei tinta preta para desenhar tudo e combinei com alguma colagem. Também utilizei uma camadinha branca para ressaltar as faíscas mágicas da fogueira.
Yuliya Gwilym

*De um sorriso, um toque, confiança,
ao voltar da neve ou para ela, a ponta das orelhas geladas
e pinicando de vermelhas.*

Uma antiga casa damascena em uma floresta invernal foi a primeira coisa que imaginei ao ler o poema do Neil. Dez anos após o início da guerra, sinto que ainda preciso ilustrar a beleza única da Damasco que deixei para trás sempre que posso – isso me aquece e mantém meus pés no chão.
Nadine Kaadan

*Do tic-tic-tic dos radiadores de ferro
a despertar na casa antiga.
Do emergir dos sonhos na cama,
sob cobertores e edredons,
a mudança de estado do frio para o calor sendo tudo que importa,
e você pensa, só mais um minutinho
de aconchego aqui antes de enfrentar a friagem. Unzinho só.*

Quando li estas linhas, a situação na Ucrânia me veio à mente. Pensei nas pessoas indo lutar na guerra, e nas famílias deixando seu lar em busca de segurança. Quis sugerir essa história em duas imagens, para contrastar o que o leitor vê acontecendo com o que o poema diz sobre aquele momento delicioso de aconchego, livre de preocupações, sob as cobertas.

Na minha infância, nós nos mudávamos muito. Eu me lembro das cortinas improvisadas para dar privacidade e das malas sempre por perto, prontas para o momento de seguir em frente. Agora, na meia-idade, comprei minha primeira casa. O quarto do sótão é forrado com vigas e tem uma janelinha como a da imagem, então essa ilustração é também uma representação muito particular de como as coisas podem ficar bem.

Pam Smy

Dos lugares onde dormimos na infância:
eles nos esquentam na memória.
Viajamos para um dentro vindo de fora.
Para as chamas alaranjadas na lareira
ou para a lenha em brasa no calefator.
Do bafo congelado nas janelas,
a ser raspado com a unha,
derretido com a palma.

O texto retrata a lareira quentinha numa casa, os cristais de gelo nas vidraças e o derretimento desse gelo com as mãos. A composição foi feita do ponto de vista de alguém que está do lado de fora olhando para a pessoa dentro da casa que derrete o gelo enquanto o fogo é refletido no vidro da janela. Pensei numa velha cabana sueca ou finlandesa com essa pessoinha estranha dentro que sorri secretamente para o espectador externo.

Daniel Egnéus

Do gelo no chão que fica furtivamente à nossa espera.
De usar cachecol.
Botar casaco.
Vestir suéter.
Calçar meias.
De calçar luvas quentinhas.

Os cachecóis, casacos e suéteres funcionam como armaduras contra o ambiente sombrio e hostil que rodeia as pessoas, envolvendo a família em um brilho protetor e intimista. Eu quis que os pais fossem retratados agasalhando a criança com essas roupas quentes, enquanto os três ficam juntinhos para se manter seguros e aquecidos. Essas peças de roupa, embora pequenas isoladamente, quando reunidas, criam uma cascata de luz e um senso de esperança.

Beth Suzanna

Da bebê que dorme entre a gente.
Da trambolhada de cães,
da ninhada de gatinhas e gatinhos.
Pode entrar. Você está a salvo agora.

Optei por mostrar animais dormindo na neve e se aquecendo juntos ao redor da pomba pousada num ramo de oliveira, para sugerir que a paz em si é o verdadeiro conforto. Quis mostrar diferentes espécies, gatos e cães, ajudando uns aos outros independentemente da forma, do tamanho e da origem. A imaginação e as histórias também proporcionam consolo e força, aqui simbolizados pelo dragão protetor. Além dessas metáforas, pensei em todos os animais de estimação e animais selvagens que se tornam vítimas esquecidas em conflitos humanos.
Marie-Alice Harel

De uma chaleira a ferver no fogão.
Sua família ou seus amigos estão aí.
Eles sorriem.
De chocolate quente ou cacau, café ou chá,
sopa ou ponche, do que você sabe que precisa.
Uma troca de calor, eles proveem,
você acolhe a caneca e descongela aos poucos.

O poema é tão complexo que pensei que seria difícil ilustrar alguns versos. Para conseguir fazer isso, tive que me concentrar apenas nessas frases. Tentei esquecer pessoas reais, rostos reais, e os ocultei na luz entrando pela porta aberta e pela janela. Só me restou o sentimento de pertencimento, o aconchego do entorno, as canecas, o bule de chá e as mãos que se tocam na mesa.
Petr Horáček

Lá fora, para uns de nós,
a jornada teve início quando nos afastamos
da casa de nossos avós,
dos lugares familiares
da infância:

Desenhei a figura de uma jovem refugiada num estilo gráfico solto para transmitir a emoção que deve tomar conta da pessoa quando ela deixa um lugar familiar e muito querido. Ao fundo, desaparecendo de vista, retratei a paisagem com a casa dos avós como uma lembrança a ser levada com os refugiados para mantê-los aquecidos.
Chris Riddell

*mudanças de estado e estado e estado,
deparar com um deserto pedregoso,*

Fui profundamente afetado pela ação ofensiva russa na Ucrânia; eu e minha esposa conhecemos e tentamos ajudar os refugiados ucranianos tanto quanto pudemos. Todos os refugiados precisam de esperança e acredito que a noite mais escura e mais fria terminará com a aurora e o sol certamente nascerá.
Bagram Ibatoulline

ou enfrentar mares bravios,

Quis expressar o medo de se ver numa viagem perigosa longe de casa e sugerir como, ao longo da história, as pessoas, por inúmeras razões, fugiram de sua terra natal em busca de refúgio. Cada jornada tem sua própria história e seu próprio veículo de transporte. O pequeno rebocador persiste através das ondas constantes, avançando com coragem. Horrores invisíveis habitam as águas profundas, mas, com esperança e resiliência – representadas por duas guardiãs que iluminam e protegem o caminho –, a viagem não é insuperável, essas águas escuras não são intransponíveis.
Benji Davies

*quando comida e amigos, casa, cama, até cobertor,
ficam só na lembrança. Às vezes basta que um estranho,
num lugar escuro, doe um cachecol maltricotado.
Ofereça uma palavra gentil.*

No inverno de 2016, morei numa barraca no abrigo de Calais, então essas palavras tocaram fundo em mim. Quando morei lá, percebi que as palavras podiam aquecer meu mundo. Acho que temos cachecóis suficientes para aquecer todo mundo.
Precisamos é de mais palavras gentis.
Majid Adin

*Diga que temos o direito de estar aqui, nos aqueça na estação mais fria.
Você tem o direito de estar aqui.*

Acho difícil imaginar como deve ser a sensação de ser um refugiado. Ter o cotidiano tirado de você. Esse conceito é simplesmente avassalador, a perspectiva é dolorosa demais para ser contemplada. Os sentimentos são tristes demais. Grandes demais.

Então escolhi ilustrar pequenos atos de bondade e compaixão. Bater uma bolinha com os amigos, dar uma volta de bicicleta num dia de sol, fazer uma refeição quente em volta de uma mesa.
Ter alguém para ouvir sua história.
Richard Jones

SOBRE O UNHCR/ACNUR

Neil Gaiman é Embaixador da Boa Vontade do UNHCR/ACNUR, Agência da ONU para Refugiados.

O UNHCR/ACNUR protege pessoas forçadas a deixar o lar por causa de conflitos e perseguições.

Atua em mais de 130 países, protegendo milhões de pessoas ao contribuir com apoio emergencial e desenvolver soluções que garantam que as pessoas tenham um lugar seguro para chamar de lar. Ajuda a salvaguardar os direitos humanos fundamentais, incluindo o direito de buscar segurança. Quem quer que seja. Onde quer que esteja. A qualquer momento.

O inverno representa uma séria ameaça para muitas famílias deslocadas que vivem em abrigos ou acampamentos improvisados, que enfrentam temperaturas congelantes e condições climáticas severas. Todos os anos, o UNHCR/ACNUR realiza uma operação massiva para fornecer assistência monetária urgente e bens essenciais como roupas, cobertores térmicos, aquecedores e combustível.

Os fundos arrecadados com a venda do livro *Do que você precisa para se aquecer* ajudarão a apoiar o trabalho do UNHCR/ACNUR no mundo inteiro.

unhcr.org /neil-gaiman

Somos muito gratos pelo seu apoio.